CINCO ENIGMAS, UM TESOURO

CAIO RITER

ACERVO BÁSICO

Escarlate

Para Zé e Crystina.

Copyright do texto © Caio Riter, 2016.
Copyright da ilustração da capa © Eloar Guazzelli, 2016.

Todos os direitos reservados. Nenhuma parte desta obra, protegida por copyright, pode ser reproduzida, armazenada ou transmitida de alguma forma ou por algum meio, seja eletrônico ou mecânico, inclusive fotocópia e gravação, ou por qualquer outro sistema de informação, sem prévia autorização por escrito da editora.

Projeto gráfico Entrelinha Design
Ilustração da capa Eloar Guazzelli
Preparação de texto Luciana Duarte Baraldi
Revisão Karina Danza e Fernanda Almeida Umile

1ª edição – 2ª reimpressão

CIP-BRASIL. CATALOGAÇÃO NA PUBLICAÇÃO
SINDICATO NACIONAL DOS EDITORES DE LIVROS, RJ

R498c
    Riter, Caio
        Cinco enigmas, um tesouro / Caio Riter. - 1. ed. - São Paulo : Escarlate, 2016.
        80 p. ; 21 cm

        ISBN 978-85-8382-038-3
        1. Ficção infantojuvenil brasileira. I. Título.

16-30385   CDD: 028.5
                                      CDU: 087.5

12/02/2016   15/02/2016

Este livro segue o Novo Acordo Ortográfico da Língua Portuguesa.

Direitos reservados para todo o território nacional pela
SDS Editora de Livros Ltda.
Rua Mourato Coelho, 1215 (Fundos) – Vila Madalena – CEP: 05417-012
São Paulo – SP – Brasil – Tel.: (11) 3032-7603
www.brinquebook.com.br/escarlate – edescarlate@edescarlate.com.br

SUMÁRIO

O sonho	5
A igreja	15
O quadro do sótão	29
Os túneis	41
O morro	49
O cemitério	61
O estranho	75

Na corrida por tesouros, não há medalha de prata.

INDIANA JONES

O SONHO

Um raio estoura lá para os lados dos charcos do morro. O cavalo empina, talvez pelo ruído do trovão, talvez pela chuva forte, gotas quase lâminas a machucarem seu pelo. Gotas que também ferem o rosto do cavaleiro, que segura as rédeas, firme, e toca o animal em direção à igreja. Aquele é seu destino, lá estará seguro para fazer o que deve ser feito.

Noite escura, céu todo fechado pelas grossas nuvens que desabam sobre a cidade de Viamão. Um trovão explode e enche de prateado o escuro da noite. O homem açoita o cavalo. Coração disparado, aperta contra o peito um pacote. Nem sombra de gente alguma nas ruas de pedra. Quem afinal seria louco de sair do aconchego dos cobertores numa noite fria como aquela? Quem além dele? Somente aqueles que o perseguem: os homens de Serapião.

Chega à praça, olha para trás, para os lados: ninguém. O padre, àquela hora, deve estar no segundo sono. Ou no terceiro. Melhor assim.

Nada de testemunhas.

Nada.

O homem desce do cavalo, bate em seu lombo para que ele se vá, para que suma pelas ruas da cidade. Que seus

perseguidores sigam atrás do animal e se esqueçam dele ali na Igreja de Nossa Senhora da Conceição.
"Bom refúgio", pensa.
— Bom esconderijo para ela — fala para si mesmo.
Empurra a porta da igreja-fortaleza e entra. Fecha a pesada porta atrás de si, e o frio gélido do prédio santo o faz se arrepiar. Benze-se, caminha até o altar. Outro raio explode no céu e ilumina a nave em tons coloridos, filtrados pelos vitrais. A porta da igreja abre-se com um estrondo. O homem volta-se, deixa o pacote que traz nas mãos cair no piso. O peso do que ele contém lasca a cerâmica, deixa uma marca funda.
Teme.
Treme.
Mas é apenas o vento.
Apenas ele.
Segue em direção ao altar, não sem antes juntar o pacote. Sabe o que tem de fazer. Sabe que precisa escapar, seja como for, das garras de Serapião. Ele não costuma esquecer-se facilmente de quem o desafia. E o homem que entra na igreja o desafiou.

José acorda. Lá fora, a chuva cai forte sobre o telhado. Tudo escuro. E a imagem do sonho o impede de pegar de novo no sono. Senta-se na cama, o coração aos pulos. Abre a janela, apenas uma fresta, e espia a igreja. Branca, imponente, desenhada feito foto fora de foco por causa da água que molha a cidade. A mesma igreja em que o homem, no seu sonho, havia entrado.

Igreja antiga, construída há muito tempo. Uma das mais antigas do Rio Grande do Sul, contava sempre a avó de José. A única igreja-forte: paredes imponentes, que serviam de proteção contra a invasão dos castelhanos naquele tempo em que o sul do país vivia em constantes guerras.

Um trovão ilumina o céu. Depois, o estrondo. Tudo como no sonho: a chuva forte a molhar o homem, o frio a enfiar agulhas de gelo na pele, os raios a dar uma atmosfera tétrica à cena.

O guri retorna para a cama. Acende a luz, pega um livro. Mas como se concentrar na história se a imagem do homem sobre o cavalo não lhe sai da mente? O que continha aquele pacote que ele trazia apertado contra o peito? E o estranho, o mais estranho de tudo, é que José parece ter a impressão de já ter visto aquele homem, aquela cena: o cavaleiro trotando em fuga sabe-se-lá-do--quê sob o temporal.

Ah! Como ele quer saber.

Como quer.

Mas ainda não sabe.

E qualquer pessoa, quando não consegue se lembrar de algo que tem a impressão de conhecer, fica assim como José: olhos perdidos em algum ponto do teto. A cabeça buscando, buscando, buscando alguma resposta para aquilo que parece, naquele momento, ter nenhuma. Estranha essa sensação, não? Ela nos toma por completo. E não queremos saber de mais nada; queremos apenas uma resposta. Uma só. Embora fiquemos nos remoendo por dentro, embora surjam diferentes possibilidades, não

desejamos nada além da resposta àquela pergunta que nos rói por dentro. É isso que José busca no teto.
O barulho da chuva lá fora.
O homem na chuva.
O sonho: cena de um filme do Indiana Jones.

O homem está parado, olhos fixos no altar. Parece pensar sobre o que fazer. Novo estrondo. Ele se volta para a porta, que se abre um pouco mais, açoitada pelo vento forte, deixando que o ruído do temporal invada com mais força o templo. Treme. Tenta acreditar que é apenas por causa do frio das vestes molhadas. Mas sabe. Sabe que não é apenas esse o motivo.

No alto do altar principal, a imagem da Nossa Senhora que dá nome à igreja parece olhá-lo. E ele querendo apenas proteção. A luz dos raios lá fora entra pela porta semiaberta e pelas janelas-vitrais. Três de cada lado. Numa delas, o Sagrado Coração de Maria. E é a ela que pede ajuda, antes que três homens encapotados entrem na igreja e ele apenas tenha tempo de esconder-se atrás do altar.

Sem largar o pacote, empurra, com a mão espalmada, a lateral do altar e uma passagem secreta surge. O homem entra por ela e corre. Os túneis labirínticos que se estendem por baixo da cidade são sua única chance de fuga.

Novo raio, novo despertar.
A chuva é agora um desabar de águas sobre o telhado. José ouve os ruídos da mãe na cozinha. Espreguiça-se, quer apagar da cabeça as imagens do sonho.

O pacote.
A marca no chão da igreja.
O homem.
O rosto do homem.
Onde já viu aquele rosto antes?
As três figuras na porta da igreja.
A fuga.
Pela janela, espia a praça, a igreja. Uma ou outra pessoa, abrigada por capa ou por guarda-chuva, enfrenta o temporal. José deseja ficar na proteção de seu quarto, de sua cama. Em dias de chuva, é só isso que queremos mesmo. Todavia, o homem do sonho é o chamado para que o garoto vá até a igreja.

O chamado da mãe, dizendo que o café está na mesa, faz com que saia do quarto, mas não tem o poder de apagar as imagens do sonho. Não tem. São elas que o acompanham, são elas que o convidam a descobrir quem é aquele homem cujo rosto o garoto parece conhecer.

José dá um beijo na mãe, outro no pai, quando eles saem para o trabalho. Está de férias. E isso é bom, sobretudo as férias curtas de julho, tempo bom para ficar em casa longe do frio e da chuva.

Liga o *note*. É cedo ainda para que Brian ou Crys estejam conectados. Só ele mesmo para, em plenas férias, acordar cedo. Só ele. Está certo, pode retornar para a cama. Até quer. Quem sabe o sonho não volta e ele descobre o que havia naquele pacote que o homem agarrava com tanta força contra o peito? Quem sabe não descobre quem é o estranho do sonho?

Mas não.

Fica ali, atirado sobre o sofá, a tevê ligada, à espera de que um dos amigos se conecte. Aí poderão jogar algo, poderão trocar ideias, poderão passar o tempo.

Todavia.

Todavia o sonho segue vivo em sua mente.

Envia uma mensagem para os amigos: "Acordem, seus preguiçosos!".

Aguarda a resposta. Porém, ela não vem.

Acessa um *site* de filmes. Não sabe bem o porquê, mas lhe vem uma vontade danada de ver, mais uma vez, o seu filme preferido: *Indiana Jones e os caçadores da arca perdida.*

As paredes úmidas escorrem água. Tudo é escuro. O homem vez ou outra perde o equilíbrio e bate-se contra as pedras. Todavia, não olha para trás, apenas corre, corre. O peito arfante, as mãos feito garras prendem o pacote contra o peito.

De repente, luz. Chega a uma das saídas. Como acreditara, ao enveredar pelos túneis, iria chegar a uma das fontes. Sim, é isso. Ali, estará em segurança. Longe dos homens do Serapião.

Esgueira-se para fora: a Fonte da Paciência. Ao longe, alguns atabaques anunciam festa indígena. Deposita o pacote no chão, ergue uma das pedras e deposita algo debaixo dela. Depois corre, quer afastar-se o mais rápido possível.

Precisa.

Talvez, entre os indígenas, encontre guarida e proteção. Talvez.

Um ruído estridente, forte, insistente entra no sonho de José. Ele reluta, quer acompanhar o homem, quer ver por onde ele seguirá, quer saber o que é aquilo que ele carrega com tanta determinação. Tenta fingir que não ouve o barulho, tenta seguir o homem que avança para a direita, que some entre as árvores, que se esfumaça, se esfumaça, se esfumaça. Na tela do *note*, Indiana Jones escapa bravamente dos nazistas. José pausa o filme.

— Droga! — reclama.

É sempre assim: quando mais queremos que algo aconteça, parece que tudo conspira para atrasá-lo: a data de nosso aniversário, por exemplo, momento em que esperamos receber aquele presente tão desejado; ou o dia de início das férias; ou aquela viagem muito sonhada, apenas com os amigos. Quanto maior o desejo, maior também o adiamento. É isso que ocorre com José: ele super a fim de acompanhar o homem do sonho e o ruído do celular a chamá-lo para a realidade.

Então, só lhe resta atender.

É Brian.

— Acordou cedo, meu?

E não dá tempo para que José responda, vai logo fazendo um convite para comer pipoca e jogar *Detetive*.

— Topa?

— Aham — diz José.

Mas antes:

— Cara, por falar em detetive, tu nem imagina o sonho que eu tive — e passa a narrar as imagens sonhadas ao amigo. A fuga do homem, o pacote que ele carregava nas mãos, o fato de achar que conhece o fugitivo. — Aventura digna do Indiana — conclui.

— Bah, tri. E imagina só se tu vai até a igreja e lá no altar tem a tal marca do objeto que caiu? Bah, sinistro — fala Brian, a voz repleta de empolgação. — Uma vez eu vi um filme que...

— Sinistro — interrompe José. E em seu coração o desejo de enfrentar a chuva, de atravessar a praça, de ser ele também um Indiana. Lembra-se dos três homens encapotados que entraram na igreja. Seriam como os nazistas que perseguiam Indiana Jones, o arqueólogo mais aventureiro de todos os tempos?

Dá tiau para Brian, diz que lá pelas duas aparece na casa dele, pergunta se Crys vai.

— Aham — confirma o amigo. O coração de José é agora outro pulsar: Crys. Ah, Crys! Os olhos grandes da Crys, a voz da Crys, o jeito todo meigo da Crys.

Porém.

Porém, as palavras do amigo sobre a marca no piso da igreja o enchem de curiosidade. "Já pensou se." Troca de roupa, procura um guarda-chuva, bate a porta atrás de si.

Quando já está na porta, lembra-se da pintura que um dia seu pai lhe mostrou. Era dia de chuva como este. Eles não tinham nada para fazer. Foi quando seu pai o pegou pela mão e o conduziu ao sótão. Lá havia um monte de coisas antigas, já sem uso. Aquelas coisas que não queremos mais, não vemos utilidade alguma, mas pelas quais se tem apego e acabamos por não conseguir nos desfazer delas. Sabe como é? Pois, então. Lá no sótão – o José lembrou –, havia um quadro velho.

Um quadro velho com um homem montado num cavalo.

Um quadro velho com um homem montado num cavalo em uma noite chuvosa.

Um quadro velho com um homem montado num cavalo em uma noite chuvosa parado diante da igreja.

Seria o homem do sonho?

Seria?

José retorna para dentro de casa. Sobe as escadas aos pulos.

"Não pode ser, não pode", ele pensa, embora tenha quase certeza de que pode sim. Abre a porta do sótão, acende a luz e lá está, cheia de poeira, meio desbotada pelo tempo, a pintura de um homem montado em seu cavalo. Um homem montado em um cavalo e em meio à chuva.

O homem do sonho.

O tempo que José fica ali parado, os olhos postos na imagem do cavaleiro, não é visto no relógio no pulso do garoto. Ele sonhou com aquele quadro. Não, com o quadro, não. Com o homem pintado no quadro: seu bisavô Cosme Carvalho. O próprio.

• • •

A IGREJA

Agora, atravessa a praça e nem liga para o chuvisqueiro que cai. O padre Antão lhe sorri quando ele passa pela porta e invade a nave. Talvez acredite ser a fé que traga o garoto à igreja àquela hora da manhã e com aquele tempo.

Engana-se, todos nós sabemos. O que leva José em direção ao altar é confirmar a suspeita que lhe invade o coração: a marca no piso estaria lá? Se sim, sonho e realidade se fundem. Se sim, o sonho quer lhe dizer algo. O sonho ou o bisavô?

O padre o observa, espera que ele faça o sinal da cruz, que se ajoelhe diante do altar. Suspira, aliviado, e sai pela porta lateral, ao ver que José se curva diante do púlpito.

José ajoelha-se, observa o chão da igreja. Quer gritar, dar um urro, vibrar, como costuma fazer o Indiana ao se deparar com objetos raros, de civilizações perdidas, como a famosa caveira de cristal. Em que filme mesmo? No segundo ou no terceiro?

Porém.

Porém, um tanto de pânico também se apossa dele. Ali, diante de seus olhos, bem diante de seus olhos, bem ali, a marca. A marca causada pelo objeto pesado que caiu das mãos de seu bisavô Cosme.

O sonho.

O bisavô.

O objeto pesado.

José passa a mão na marca, acompanha o desenho no piso e vê um par de sapatos pretos, enormes, parados diante de suas mãos. Levanta os olhos. Um homem alto, cabelo crespo, barba por fazer, pergunta:

— Perdeu algo, guri?

José se levanta. Os olhos no rosto do homem. Sempre aprendeu que uma boa forma de não demonstrar a insegurança e o medo dentro de si é olhar bem dentro dos olhos daquela pessoa que lhe esteja impondo medo ou insegurança. Assim, com os olhos nos olhos do homem, vai logo dizendo. E a sua voz soa firme:

— Nada não. *Tava* aqui só olhando.

— Olhando a marca?

José desvia os olhos. Tenta pensar numa desculpa, algo para dizer ao estranho. O quê? Volta a olhá-lo. Sabe que não pode se mostrar frágil. O que saberá aquele estranho sobre seu sonho? Terá sonhado com o Cosme também? Disfarça.

— Marca? Que marca?

O homem sorri, a boca se contrai num dos cantos.

— A marca, ora. Essa — indica o homem, apontando para o piso. — Dizem que foi feita pela estátua, quando ela caiu aqui no chão, antes de o homem que a trazia fugir pelos túneis que existem por baixo da cidade e que são capazes de nos conduzir para os pontos mais divergentes. Você conhece a lenda dos túneis? Falam que foram construídos para agilizar a fuga em caso de invasão da cidade.

— Aham. Conheço a lenda, sim. Mas acho que é só lenda. Mais nada.

Um novo sorriso no rosto do desconhecido.

— Pois dizem que o tal homem que deixou essa marca aí fugiu com a estátua de ouro por um desses túneis, mas se perdeu lá dentro; os túneis são labirínticos. Imagina que morte desgraçada o coitado deve ter tido.

— Não. Ele não se perdeu, ele saiu lá na...

— Saiu? Onde? — pergunta o homem, com os olhos de um brilho frio.

José baixa os seus. O que dizer agora? Nessas horas em que somos pegos em contradição, normalmente o medo aflora. Fica a dúvida sobre o que fazer, o que dizer, o que pensar. Pois José também estava se sentindo assim. Dizer o que, afinal, ao estranho que o olha com olhos questionadores?

— Ah, eu não sei, não, ouvi dizer acho, sei lá, a professora contou essa lenda dos túneis.

O homem nada diz. Apenas deixa que seus olhos escuros, amendoados, meio indígenas, fixem-se sobre o rosto do guri.

— Eu tenho de ir — diz José. E, antes que o homem consiga segurar seu braço, sai correndo em direção à porta da igreja. Precisa fugir dali, precisa sumir de perto daquele estranho homem. Na porta, choca-se com o padre Antão.

— Que isso, guri?

Mas José não para, nada diz. A chuva o acolhe e ele segue em direção à casa de Brian, sem olhar para trás.

Na cabeça, o bisavô correndo pelos túneis. A lenda:

Dizem os mais antigos moradores da cidade que há uma série de túneis por debaixo de Viamão. Contam que eles foram construídos para que as pessoas pudessem fugir em caso de invasão, já que a cidade, durante muitos anos, foi a capital do Rio Grande do Sul. A igreja era uma fortificação. Suas portas pesadas e suas paredes extremamente grossas, feito muros de pedras, serviam como proteção aos habitantes. Todavia, embora muitos falem, ninguém nunca soube por onde acessar os túneis, caso eles existam mesmo. Falam que suas saídas, umas cinco, seriam cada uma das antigas fontes que abasteciam a cidade. A da Paciência, por exemplo. Aquela pela qual José viu seu bisavô sair dos túneis em seu sonho.

Brian:

— Cara, não acredito.

José:

— Mas é a mais pura verdade. *Tô* te dizendo, Brian.

Brian:

— Cara, mas que dez. Imagina a gente entrando pelos túneis e descobrindo um tesouro enorme?

José:

— Acho que meu bisavô quer que eu encontre o pacote. Ou sei lá o quê. Senão, não tinha aparecido no sonho, tinha?

Brian:

— Bah, cara, sei lá. Essas coisas de espírito eu não curto, não.

José:

— Não tem nada de espírito, Brian. Foi um sonho. Só um sonho.

Brian:

— *Tá*, cara, mas então o Estranho lá da igreja sonhou também. Ele não sabe das coisas?

José:

— Mais ou menos. Ele acha que meu bisavô morreu nos túneis. Mas ele não morreu. Eu vi no sonho. Ele saiu lá na Fonte da Paciência. E levou o pacote com ele. Eu vi. Eu sei.

Brian:

— *Tá*, e quem é o Estranho?

José:

— Nunca vi.

Brian:

— Mas o padre Antão deve saber. O homem não *tava* na igreja? Então!

José:

— É, pode ser. Pode ser.

Brian:

— Vamos voltar lá. Agora.

José:

— Agora? *Tá* louco? O Estranho *tá* lá; eu saí de lá faz pouco tempo.

Brian:

— Melhor ainda. Eles não esperam que tu volte tão cedo.

José:
— Eles quem?
Brian:
— Ah, sei lá. Um bandido nunca anda sozinho. Ele sempre tem seus cúmplices. Pelo menos nos filmes é assim.
José:
— Ah, isso é verdade. Nos filmes do Indiana Jones, os bandidos andam sempre em bando.
Brian:
— Então, vem. Vamos lá.
José:
— Fortuna e glória, jovem. Fortuna e glória!
Brian:
— Quê?
José:
— Ah, é só uma frase do Indiana Jones.
Brian:
— Fortuna e glória. Bah, gostei!

Ajoelhada em frente ao altar, os guris veem uma jovem mulher. Um lenço cobre o cabelo longo, que escapa por baixo da proteção. É um cabelo liso e ruivo. Ela veste-se de azul. Um azul-escuro que contrasta com o vermelho do cabelo e do lenço.
— Vem — diz Brian, puxando o amigo pelo braço.
Ele, como a maioria dos homens, julga que uma jovem mulher nunca é sinal de perigo. Já José pensa o contrário. Depois do susto com o Estranho (e só agora lhe voltam à mente as palavras do homem a falar de

uma estatueta de ouro), ele está ressabiado. Não quer ter de contar o que sabe a quem não merece ouvir. E aquele homem, ele tem certeza, tem um quê de mistério escondido atrás dos olhos amendoados. Homem, aliás, desconhecido na cidade. Nunca o havia visto antes. Mas o padre Antão parecia conhecê-lo. Parecia.

Aproximam-se.

A mulher faz o sinal da cruz, conclui sua oração e se volta para eles. O rosto se abre num sorriso cordial. Dentes brancos, lábios pintados com batom vermelho.

— Como é bom ver jovenzinhos orando.

— Aham — balbucia Brian, com os olhos grudados no rosto da mulher, julgando-a uma heroína daqueles jogos de computador, tipo *Tomb Raider*. Quase uma heroína, como a Mulher Maravilha ou a Tempestade: bela, sorriso aberto, perfume forte.

A jovem se afasta lentamente, não sem antes fazer um afago no rosto de Brian e jogar sobre ele um novo sorriso:

— Menino bonito.

Enquanto observa a mulher que se afasta, Brian fala, baixo, meio tomado ainda pela emoção do inusitado encontro:

— Tu viu o que ela fez? O que ela disse? De onde saiu essa fada?

José observa a mulher. De fato, ela é bonita. Mas bem mais velha que eles. Bela, porém nada que se compare a Crys. Nada. E José a conhece. Seus pais, certa vez, haviam-na mostrado na rua: a herdeira das terras do fantasma de Viamão.

— Ela é parente do Serapião, o fantasma.

— Jura? — os olhos de Brian acompanham a mulher, que cruza o umbral da grande porta de madeira da igreja e é engolida pelo sol e pelo frio da tarde.

— Juro. E o pai dela é dono da maior estância daqui. Aliás, a mesma que era do tal Serapião.

— Além de linda, rica? Bah, vou casar com ela.

José ri. Afinal, há homens que não podem ver uma mulher bonita sem se apaixonar (o Brian ainda não é um homem feito, é apenas um projeto, mas já traz em si as características comuns aos machos: ver uma mulher bonita e projetar futuros. Normal, completamente normal. Se José não estivesse apaixonado por Crys – e ele está, nós sabemos –, talvez também babasse pela ruiva de azul).

— Qual é o nome da minha futura esposa? Tu sabe?

— Maria Antônia — responde José. Depois, chama a atenção do amigo para aquilo que julga ser o que lhes interessa: — Vem, olha aqui, a marca.

O mistério da marca faz Brian esquecer por um tempo sua paixão. Aquilo que José lhe mostra é a prova viva de tudo o que o colega lhe disse. Assim, se há uma marca, há uma porta secreta para os túneis junto ao altar e, com certeza, há um tesouro a ser descoberto.

Um tesouro.

E, se há um tesouro, com certeza seu bisavô Cosme o escondeu.

E, se há um tesouro, com certeza eles o encontrarão.

E, se há um tesouro, com certeza o Estranho sabe dele também.

E, se há um tesouro, José sente que a possibilidade de viver uma aventura tão bacana quanto as do Indiana Jones se mostra possível.
Isso é o que se passa na cabeça de José. Nós sabemos. O que ele, todavia, não sabe é o que se passa na cabeça do Brian: Maria Antônia, Maria Antônia, Maria Totonha. Maria Antônia, a ruiva conhecida na cidade como a descendente do fantasma.

Aqui, teremos de dar um tempo na aventura dos nossos amigos, a fim de entender melhor essa história da tataraneta do fantasma. Acontece que a jovem Maria Antônia é uma Goulart, ou seja, descendente de um antigo proprietário de terras chamado Serapião. E reza a lenda que ele virou fantasma; fantasma daqueles de aterrorizar as pessoas em noites de lua cheia.
A lenda é a seguinte:

Serapião fugiu para Viamão em virtude de um crime cometido bem longe dali. Chegando à cidade, abrigou-se em uma fazenda mantida por padres jesuítas. Após a morte de todos os padres (alguns dizem que o jovem Serapião mesmo matou todo mundo), ele adonou-se da fazenda. Homem de personalidade forte, era muito temido por todos. Tinha o hábito de andar sempre acompanhado de seus capangas, para amedrontar os estancieiros vizinhos, mandava-os assustar a todos com assombrações. O pessoal, temeroso de seres do além, vendia suas terras por preço bem bom. Contam que a cada fazenda comprada por tais meios, Serapião ria-se, feliz, e gritava que era o todo-poderoso de Belzebu.

E o tempo passou, Serapião envelheceu, adoeceu e, numa sexta-feira à meia-noite, madrugada de muitos uivos de cães, ele morreu. Desde então, contam que ele ainda aparece nas noites enluaradas, dirigindo seu jipe e fazendo a ronda de suas fazendas. Outros falam que já se depararam com a assombração do estancieiro; dizem que no lugar dos olhos há dois buracos cheios de fogo e que da boca sai um bafo pestilento. Um horror!

Mas voltemos aos nossos heróis aventureiros. Eles, agora, olham a marca no piso e tentam adivinhar o que pode tê-la provocado. Era algo pesado. Algo muito pesado aquilo que o bisavô Cosme carregava grudado ao peito, isso José tem certeza. Mas o que seria? O Estranho falou de uma estátua. De ouro. Será?

Seus olhos percorrem o altar, os nichos nas paredes. Nada de imagem dourada. Caminha, vagaroso, até o altar; acredita que, se há alguma pista, ela se esconde na igreja. Sim, na igreja.

Ouve vozes. Alteradas.

Para, ajoelha-se. Finge rezar. Pelos cantos dos olhos, pode ver a sacristia. Lá, o padre Antão discute com um homem. Parecem ter opiniões divergentes, porém José não entende direito sobre o quê.

Aquela voz forte, meio arranhada.

O Estranho, é a voz do Estranho. O Estranho está com o padre. Será que os dois? Lembra-se das palavras do Brian: "Um bandido nunca anda sozinho. Ele sempre tem seus cúmplices".

E quando José percebe que o Estranho vai sair da sacristia, corre para a nave e esconde-se como pode. O homem, passo firme, cruza com Brian sem nada dizer.

— É ele, o Estranho? — Brian pergunta ao se aproximar do amigo.

— Aham, e ele *tava* com o padre ali na sacristia. Eles discutiam sobre alguma coisa. Eu ouvi.

— Será que o padre é o cúmplice? Bah, esses dois são mesmo muito suspeitos! Vamos ficar de olho neles.

Brian puxa o amigo pelo braço, sugere que sigam o homem. *Não, Brian, olha o que eu descobri.* E o amigo aponta para o altar. *Foi por um desses lances do altar que meu bisavô entrou no túnel. Eu acho.*

É incrível, se eu contasse a vocês numa conversa à toa, passeando pelas ruas da cidade, aposto que ninguém acreditaria. Mas é a mais pura verdade. José localizou o local pelo qual, no sonho, viu seu bisavô enveredar pelos túneis.

— Foi por aqui que o meu bisavô entrou no túnel. Eu tenho certeza.

Brian se aproxima, força com a mão uma das pedras do altar, empurra um pouco de um lado, depois do outro. Porém, nada.

O lado do altar não cede.

Agora, José bate com o nó dos dedos no terceiro lance do altar. Um som oco chega-lhes aos ouvidos.

Depois, o garoto faz o mesmo nos demais. O ruído é diferente, seco, o que lhes revela que, de fato, há um túnel ali embaixo. E, se não houver a entrada de um túnel, pelo menos algum espaço existe sob o altar.

— Cara — balbucia Brian. — O que a gente faz agora?

A pergunta do amigo, todavia, fica sem resposta. Ruído de passos, saltos altos, faz com que eles voltem. Porém, não têm tempo de evitar que Maria Antônia se aproxime e pergunte o que eles fazem ajoelhados ao lado do altar central.

— Ah, é que a gente desconfia que — diz Brian, com o coração aos pulos e olhos de maravilhamento presos no rosto sardento da ruiva.

— A gente só *tava* rezando um pouco — interrompe José. — Mas já estamos indo, né, Brian? Já estamos. Tiau. Tu sabe dizer se o padre *tá* aí? A gente quer falar com ele e tal.

Maria Antônia sorri, diz que acha que sim, que o padre deve estar na sacristia.

— Daqui a pouco tem missa.

José agradece e puxa o amigo pelo braço. Percebe o alvoroço que a presença da neta de Serapião provoca no amigo. Saem, apressados. O mistério do sonho começa a seguir o rumo da vida real. E isso, convenhamos, ao mesmo tempo que é atrativo, gera medo, pânico, terror. E um desejo enorme de descobrir como se abre a porta secreta que conduz aos túneis que cortam o subsolo de Viamão.

— Ah, se o Indiana estivesse aqui — diz José, já se imaginando o parceiro-mirim do aventureiro no filme *Indiana Jones e o templo da perdição*.

Mas, enfim, há momentos em que temos mesmo de agir como José. Na dúvida, melhor interromper quem – como Brian – fica louco de vontade de se aproximar de alguém, de confiar em alguém. Porém, esse alguém, se desconhecido, talvez não mereça confiança de uma revelação sobre o destino de um tesouro como o que os garotos estão atrás. Afinal, o homem de olhos amendoados não falou sobre uma tal estátua de ouro? Então.

— Melhor não dizer nada a ninguém — cochicha José. — Melhor.

Brian o segue, embora não tenha tanta certeza disso. Ah, se a Maria Antônia soubesse de seu plano. De repente, até se apaixonaria por ele, assim como ele estava apaixonado por ela. Mas amigos são amigos. Afinal, entre a certeza da amizade de José e a possibilidade do amor de Maria Antônia (que Brian, em seus pensamentos, chamava de Maria Totonha), ele preferiu ficar com o segredo. Dele e de José.

• • •

O QUADRO DO SÓTÃO

Saem da igreja.

José tem certeza de que, para explorarem o templo, não pode ser à luz do dia. Ali, a toda hora, sempre entra alguém. Quer sejam devotos para fazer suas orações, quer sejam pessoas como a tal Maria Antônia ou o Estranho ou turistas para conhecer uma das igrejas mais antigas do estado. Bela, com seu altar; bela, com suas paredes fortificadas; bela, com seu ar de mistério, que José deseja, como nunca, decifrar.

— O que a gente vai fazer agora? — pergunta Brian. O pensamento é só vontade de voltar à igreja. Maria Totonha está lá.

— Cara, e se a gente voltasse à igreja? — arrisca. — De repente, a Maria Antônia ainda *tá* lá, aí a gente conta tudo para ela e ela nos ajuda a enfrentar o Estranho, a desvendar o mistério todo. Que te parece?

— Parece que tu enlouqueceu, ora. Imagina ficar contando nosso segredo para quem a gente nem sabe direito quem é.

— Ah, mas a gente sabe, José. A Totonha é a herdeira do tal fantasma.

— Totonha? — interroga José.

— Ah, José, uma forma carinhosa de chamar uma pessoa linda. Acho que ela é bem de confiança. Então, que tal a gente contar tudo para ela? Aí, ela pode nos ajudar. Hein?

José contrai os lábios em desaprovação.

— Não, Brian. Vamos ao sótão.

— Que sótão, cara, agora quem endoidou foi tu? Prefiro ir à igreja.

— Sótão, Brian. Sótão.

José explica: se o bisavô Cosme apareceu em sonho na mesma postura do quadro (em cima do cavalo) e lhe indicou o caminho para o tal tesouro, quem sabe no próprio quadro, além do cavaleiro, foi pintada alguma pista?

A ideia faz sentido. Com certeza. Se o velho foi capaz de aparecer num sonho, também deve ser capaz de ter armado algo. Afinal, para que esconder um tesouro se ninguém poderá lucrar com ele? José parece ser um guri bem perspicaz, quem sabe um dia não vire um daqueles detetives famosos, como o Sherlock Holmes ou o Hercule Poirot? Afinal, para que se descubra um mistério, é necessário exercitar o cérebro, a dedução. E, parece mesmo, o José leva jeito para desvendar segredos. Embora o seu aventureiro preferido do cinema, o tal arqueólogo Indiana Jones, tenha dito em uma de suas aventuras que "não seguimos mapas para encontrar tesouros enterrados e nunca há um X marcando o lugar certo", José desconfiava (na verdade, tinha quase certeza) de que seu bisavô, caso não tivesse marcado um X no lugar onde escondera a tal estátua, alguma pista teria deixado. E, para ele, José, um aprendiz de caçador de tesouros, a pista deveria estar no quadro.

Sobem as escadas. Entram no sótão.

Lá, encostado na parede, estava o quadro do bisavô montado no cavalo. Ao fundo, a igreja. Uma chuva, como a do sonho, cai sobre o cavaleiro, que parece lhes sorrir. Algo, aliás, de que José não se lembrava de ter percebido no rosto do bisavô, que ele não conheceu, a não ser pelas fotos que seu avô lhe mostrava, quando criança. E contava histórias de um tempo em que Viamão era capital do Rio Grande e que um navio cheio de tesouros naufragou perto da praia de Itapuã. O avô dizia que seu pai lhe contava que o capitão, com receio de que a tripulação o roubasse, envenenou todos, colocando arsênico no rum. Apenas poupou um escravizado, que foi quem lhe auxiliou a desembarcar o tesouro e a escondê-lo numa gruta, cujo mapa nunca foi feito, pois, ao ferir de morte o escravizado, este, antes de morrer, deu um tiro bem na cabeça do capitão. Mortos os dois, o tesouro ficou escondido por lá. Pelo menos, era isso que o bisavô Cosme contava. Seria esse o tal tesouro da igreja?

— Ah, eu já ouvi essa lenda aí.

José mantém os olhos presos no retrato do bisavô: o que será que ele esconde? O quê?

— Deixa eu ver isto aqui — fala Brian, pegando a pintura, meio sem jeito, devido ao tamanho e ao peso do quadro. — Se a pista *tá* aqui, eu vou achar, ou não me chamo Brian Lermen.

José até tenta impedi-lo, dizendo que o quadro é pesado, é velho demais, mas a iniciativa do amigo não aceita resistência. Afasta o quadro da parede, aproxima-o da pequena janela do sótão, precisa vê-lo na claridade.

Todavia.

(Ah, nessas histórias de mistério sempre tem um todavia – ou mais de um –, vocês já perceberam? Então, ponho nesta aventura que lhes conto um todavia a mais. Outros, com certeza, ainda virão.)

Todavia, suas mãos são poucas para segurar o quadro. Ele cai, e um ruído forte de coisa quebrada se faz.

Então.

Então, acontece o inesperado: de dentro de um pequeno vão na moldura sai um rolinho de papel amarelado.

— Eu não acredito — balbucia José. E a certeza de que ele, naquele caso, tinha sido melhor que o Indiana Jones enche seu coração de alegria. E de expectativa. Tesouros podiam, sim, ter seus mapas, suas pistas.

Brian, com os olhos arregalados de surpresa, olhos de quem nem acredita que sua ação descobriu mesmo algo especial, diz:

— Eu não falei que achava? Achei.

José sorri, pega o rolo de papel.

E, neste momento, a campainha soa lá embaixo.

José abre a porta e seu coração paralisa. Por um segundo, chega a acreditar que ele parou de bater. Mas nada. Logo, recupera-se diante do sorriso que enfeita o rosto de Crys. Sorri também. Tenta articular um oi. Pelo menos um oi. Um oizinho que seja, só um.

A garganta seca se nega.

— Oi, Crys, entra. Tu nem sabe o que a gente acabou de descobrir.

José escuta essas palavras e queria muito que tivessem sido ditas por ele mesmo. Mas não. É o Brian quem puxa a Crys para dentro da casa. Não antes que José possa ver o Estranho sair da igreja e entrar em um carro preto, com os vidros cobertos por película, que lhe impede de perceber se havia mais alguém com o homem de olhos de indígena. E, se o guri olhasse com mais atenção, veria que, ao lado da igreja, uma caminhonete arrancava atrás do carro do Estranho.

Quando José chega ao sótão, Brian e Crys estão desenrolando o papel amarelado, enquanto o amigo vai relatando tudo o que aconteceu até então: sonho, José, igreja, padre, marca no chão, o Estranho, discussão, Maria Totonha, fantasma, túneis, estátua de ouro, quadro, mapa.

Sim, um mapa dos túneis é o que parecem ser aqueles traços riscados de forma tosca sobre o papel. Em cada canto, uns dizeres que eles custam a traduzir, em virtude de marcas de umidade.

No canto superior direito, o número 1 e o texto: *No terceiro degrau que conduz à VM, a pressão bem no centro abrirá as portas do encantamento.*

No canto superior esquerdo, o número 2 e o texto: *Quem tem paciência na vida, encontra a fonte que esconde o segredo da virgem tripartida.*

No canto inferior direito, o número 3 e o texto: *A mulher do pescador, sob o xale pequenino, traz o cetro daquela que abençoou o menino.*

No canto inferior esquerdo, o número 4 e o texto: *A Felicidade pôs a coroa e saiu de casa. Agora, descansa, tristemente, sob o anjo e suas asas.*

— É a letra do teu bisavô, José? — pergunta Crys, os olhos ainda presos no papel, na tentativa de decifrar aqueles enigmas todos. Meninas são assim mesmo. Têm a capacidade de fazer duas coisas ao mesmo tempo. Já os guris não: estavam ali, parados, petrificados, espantados com os enigmas que o papel, vindo sabe-se-lá-de-que--tempo, lhes apresentava.

— Sei lá, Crys. Pode ser. Deve ser. Não conheci meu bisavô.

Mas as mulheres são mesmo mais práticas e mais diretas que os homens. Não perdem muito tempo com considerações, vão logo apontando respostas práticas. E, como Crys é mulher, vai logo afirmando:

— É claro que é a letra dele. Ele deixou aí umas pistas para acharmos o tesouro do capitão. E a gente vai achar.

A certeza de Crys, num primeiro momento, contagia os outros dois amigos. Eles sorriem e já se imaginam descobrindo ouro, muito ouro. Ouro para todos, ouro que os deixará ricos.

— Bah, e tudo bem rimadinho — diz Brian. — Teu biso era um poeta.

Todavia (não disse que haveria mais todavia? Então.).

— *Tá*, mas o que querem dizer essas mensagens, afinal? — é José quem pergunta.

— Ah, isso a gente vai ter de descobrir — fala Crys, com os olhos presos na folha de papel. Vez ou outra repetindo alguma palavra: *fonte, felicidade, paciência, virgem.*

— E se a gente descobre o local que esconde o tesouro, será que o tesouro vai estar lá? E se alguém já o tiver achado? — Brian pergunta.

Então, as palavras de José enchem os amigos de certeza, de determinação.

— Hoje à noite a gente vai até a igreja e entra no túnel. *Tá* decidido.

Crys separa duas lanternas. *Melhor levar um lanchinho também*, pensa alto Brian, *vai que a gente se perde lá dentro?* José e Crys nada respondem, mas a garota pega algumas maçãs e algumas bananas da fruteira, algumas barras de cereais e três garrafas com água.

José lê e relê as mensagens nos cantos do mapa. Para ele, é claro que a primeira pista refere-se à entrada do túnel que fica na igreja, o mesmo lugar por onde seu bisavô entrou. *Mas o que será a VM?* Tenta lembrar-se do sonho, o bisavô se dirigindo ao lado do altar, depois desaparecendo no buraco e correndo pelos túneis úmidos e escuros. *VM.* E ele escreveu em maiúsculas. *VM.*

— É óbvio, pessoal. VM quer dizer Virgem Maria. O terceiro lance do altar abaixo da VM, ou seja, o altar em que está a Nossa Senhora da Conceição. É isso. Só pode ser.

Crys relê o enigma de número 1 em voz alta:

— *No terceiro degrau que conduz à VM, a pressão bem*

no centro abrirá as portas do encantamento. Claro, é isso mesmo. Aqui *tá* dizendo que a gente deve pressionar o terceiro lance do altar. É isso. Só pode ser.

— Bah, Crys, se o Indiana Jones tivesse uma ajudante como você, acho que ele iria achar muito mais tesouros e objetos raros — diz José, com olhos de admiração presos no rosto da amiga.

Crys sorri. Sabe que aquele é um enorme elogio, afinal conhece quanto José gosta das aventuras do tal Indy Jones.

Eles entram na igreja ao entardecer, durante a missa das 18h. O dia de inverno já começa a ser tomado pelo entardecer úmido. Aproveitam que os poucos fiéis estão atentos às orações do padre Antão e sobem as escadas que conduzem ao coro. Ali, sugestão de Crys, ficarão esperando até que a missa acabe, que os fiéis retornem a suas casas, que o silêncio caia sobre o templo. Então, poderão se aventurar pela passagem secreta que conduz aos túneis. Tudo planejado e anotado numa folha da agenda de José. *Escreve de vermelho*, tinha pedido o Brian, estendendo a caneta para o amigo, *fica mais tétrico, mais emocionante.*

O plano é simples:

1. Entrar na igreja durante a missa.
2. Esperar a missa acabar (enquanto isso, analisar o mapa e tentar desvendar os enigmas).
3. Quando tudo ficar calmo, descer e abrir a passagem.
4. Entrar nos túneis.
5. Achar o tesouro.

Os amigos sentam-se em círculo no chão do coro, evitando que alguém possa perceber a presença deles. Falam baixo, o mapa estendido no chão.

José lê a segunda pista: *Quem tem paciência na vida, encontra a fonte que esconde o segredo da virgem tripartida.*

— Essa eu não entendi — murmura Brian, os olhos na celebração lá embaixo. Toca no ombro de José e aponta. Eles espiam pela fresta e percebem, sentado na segunda fila, o Estranho. Atrás dele, o lenço azul sobre o cabelo ruivo, Maria Antônia.

— Vamos precisar ter cuidado redobrado — anuncia José, voltando-se para o mapa. Crys observa o homem de cabelo crespo e ombros largos. Parece um capitão daqueles filmes de aventura que ela tanto gosta de ver. As amigas preferem as comédias românticas. Ela, não. Seus filmes prediletos são sempre os de aventura ou os policiais. Agora está ali, junto com seus melhores amigos, imersa numa aventura de caça ao tesouro, sentindo-se uma Indiana Jones de saia. *Virgem tripartida*, sussurra. O que será que aquilo quer dizer?

Sei que você deve sentir o mesmo que eu: expectativa. Ou o que Crys sente enquanto espera no coro, a missa acontece e o Estranho faz o sinal da cruz, bem diante do altar. Você já deve ter percebido que Crys não é aquele tipo de personagem que fica dando gritinhos e morrendo de medo quando se depara com quem possa ser seu maior inimigo. Não. Até porque ela não é personagem, é uma menina como muitas que encontrei pelas ruas de Viamão: esperta, cheia de vida, louca por aventuras, sem espaço para qualquer demonstração de fragilidade.

Por isso, seus olhos pairam sobre o mapa. Por isso, ela tenta decifrar o segundo enigma. Por isso, repete, repete, repete, como se fosse um mantra, as palavras que o bisavô de José escreveu. Olha para a Nossa Senhora no alto do altar. O enigma fala em "virgem tripartida". Uma virgem partida em três, será isso? Nada fala aos amigos, ainda não tem certeza.

— Olhem — diz ela. — O mapa aponta cinco caminhos. Porém, um deles não tem o desenho da saída. Não foi completado. Os outros parecem sair, cada um deles, em uma das fontes da cidade.

— Bah, é mesmo — concorda José. — No meu sonho, meu bisavô saía na Fonte da Paciência. É o caminho apontado com o número 2. Caminho 2, enigma 2. Que vocês acham?

— Vamos por ele primeiro.

Lá de baixo, enquanto os amigos lembram a aula sobre a história da cidade, em que a professora os levou para conhecer as quatro fontes, hoje desativadas, que abasteciam de água potável a comunidade da cidade, vem o som arrastado de uma cantoria sacra. Depois, eles escutam a voz do padre encerrando a homilia. E as tradicionais palavras: — Vão em paz, e que o Senhor vos acompanhe.

— A missa acabou — fala Brian. Seu coração bate forte. A hora se aproxima. Espia, com cuidado, para baixo, vê Maria Antônia ajoelhar-se, fazer o sinal da cruz e, depois, aproximar-se do altar, onde o padre Antão retira a estola. "Ah, como é linda a minha Maria Totonha", pensa ele. O "minha" fica ecoando dentro de sua cabeça.

Assim como ocorre com todo aquele que se apaixona. Mesmo que o ser amado nem saiba que ele exista, como, aliás, ocorre em nossa história.

— Ajeita a mochila — pede José, fazendo com que o amigo abandone sua amada lá embaixo.

Arrumam as coisas na mochila.

José guarda o mapa no bolso.

Esperam.

Precisam do vazio total do templo para que sua aventura possa ter prosseguimento.

— O que será que o Indiana faria agora? — pergunta José. Todavia (mais um), os amigos apenas o olham. Nada dizem.

• • •

OS TÚNEIS

A nave da igreja está às escuras. Pouca luminosidade a invade, vinda pelos vitrais que a colorem. Eles caminham em direção ao altar. Vão o mais silenciosamente possível. Temem que o padre Antão possa estar na sacristia fazendo sabe-se-lá-o-quê. Pode, também, o Estranho estar com ele.

Ou não.

Aproximam-se do altar, a lanterna a iluminar o caminho. Olham para cima, benzem-se os três ao mesmo tempo, como se tivessem programado aquela espécie de pedido de desculpas à Nossa Senhora, por estarem ali, invadindo seu santuário, àquela hora da noite.

Lá fora, o cricrilar dos grilos, um ou outro latido de cachorro. No mais, a cidade começa a silenciar. Afinal, é inverno, faz frio.

Contam os lances do altar: um, dois, três. José balbucia:

A pressão bem no centro abrirá as portas do encantamento.

Pressiona, com a mão espalmada, o terceiro dos seis lances do altar. E, como num passe de mágica, abre-se uma passagem do tamanho ideal para que uma pessoa passe por ela.

— Tem alguém aí?

A voz grossa a fazer a pergunta os faz arregalar os olhos. Nada dizem, ao ver que na entrada da igreja uma luz se acende e uma silhueta de homem, que eles não conseguem definir se é do padre ou do Estranho, avança.

— O que vocês querem aí, hein?

Nova pergunta e novo acender de luzes. Agora os bancos lá do fundo se iluminam.

— Venham — sussurra José, atirando a mochila pela passagem e entrando por ela. Logo, Crys faz o mesmo. Brian também.

E disparam pelo corredor úmido e friorento. José não deixa de se lembrar das imagens do sonho, vê-se traçando o mesmo caminho trilhado pelo bisavô muito tempo atrás. De repente, o túnel divide-se em cinco caminhos.

— Vamos pelo segundo — fala Crys, e os guris logo a seguem.

Só então a pergunta:

— O último que passou fechou a entrada?

A pergunta fica sem resposta. E pergunta sem resposta todos nós sabemos que sempre tem uma hipótese.

A pior de todas.

Assim, o jeito é correr e torcer para que, se o homem da igreja estiver seguindo-os, tenha optado por um dos outros quatro caminhos. São vinte por cento de chance apenas de que ele siga pelo mesmo caminho que os garotos. Porém, vinte por cento é sempre uma possibilidade.

Mesmo assim, eles correm.

Escutam um grito cujo conteúdo não conseguem definir bem.

Meia hora de corrida, em que ninguém nada diz; Brian olha o tempo todo para trás, desejoso de que o homem da igreja seja o padre, aí nada de perigo. Com certeza, iria achar que aquela parte do altar se rompeu devido ao tempo. Afinal, a igreja não era bem antiga? A professora tinha dito que ela tinha sido construída por volta de 1700 e pouco. Então? Sim, o melhor para todos é que o homem seja o padre Antão. Bem melhor.
Porém.
Ele os havia visto próximos ao altar. Não poderia achar que tudo era acaso. Saberia, pois burro não era, que eles haviam escapado pela abertura. E, talvez, resolvesse ir atrás deles.
Vai saber.
Correm até a saída.
E na mente de José vêm as imagens do Indiana Jones, no filme *Os caçadores da arca perdida*, fugindo por uns túneis semelhantes àqueles, enquanto uma enorme rocha rolava atrás dele. Seu herói correndo, a mão segurando o chapéu, enquanto a rocha quase lhe pisava os calcanhares. E, num pulo estratégico, quando estava prestes a morrer esmagado, o aventureiro conseguiu escapar. Aliás, era exatamente isso que José esperava, durante a fuga pelos túneis: que ele e seus amigos também conseguissem escapar. O problema é que eles não estavam na tela de um cinema: aquilo era vida. Vida real.

Por isso, seguiam correndo ao encontro da saída.

Quando veem uma luz, percebem que estão chegando. Logo, notam uma pequena escada de pedra. Sobem e esgueiram-se por uma passagem muito estreita. Lá fora, a noite com poucas estrelas os recebe. Estão na Fonte da Paciência.

— Olhem, eu não disse? Foi aqui, debaixo de uma pedra, que eu vi o meu bisavô esconder alguma coisa. O pacote ele levou, mas deixou algo aqui.

— Vamos procurar, então — diz Crys. O problema é onde. A fonte, uma construção piramidal, feita de cimento, que lembra uma espécie de marco, está num pequeno espaço cercado por grandes pedras e mato. Há algumas pichações nas pedras. E, devido à chuva, os garotos sentem seus pés afundarem na grama. A umidade lhes sobe pelas pernas. E faz frio.

José dirige a lanterna para as pedras em torno da saída da fonte. Não se lembra de o bisavô ter se afastado muito. Por um lado, teme: muito tempo passado, aquelas podem não ser as mesmas pedras. Por outro, quer acreditar que, por ser um espaço que faz parte da história da cidade, tenha sofrido poucas mudanças.

De repente, em uma das pedras, escondida por uma pichação que diz que o Laion ama a Monique, ele percebe, marcado fundo na pedra, o número 2.

— Aqui — ele fala. — Não pode ser apenas coincidência.

— Cara — diz Brian. — Cara.

Com um canivete, José força a parte da rocha em que o número está marcado. Cavouca por baixo, pelos lados, e, como se fosse uma tampa, um pedaço da pedra salta, deixando perceber um nicho, em que se encontra um pedaço de papel dobrado.

Abrem.

Nele, o desenho de uma Nossa Senhora. Mas não é a mesma imagem que está no altar. É uma outra Maria: na cabeça, uma coroa; nas mãos, um cetro; no manto, imagens de um rebanho e, aos pés, o desenho de uma mão. Na verdade, uma espécie de mapa, em que o desenho de cinco rios formam a imagem de uma mão espalmada. Abaixo, na letra do bisavô Cosme, a inscrição: *Nossa Senhora de Viamão.* E mais: *São cinco os caminhos, o quinto indica a mão que esconde o corpo divino.*

— Cara, mais um enigma. Agora são cinco.

Crys e José se olham. Sabem que só têm uma coisa a fazer: retornar ao túnel e seguir pelo quinto caminho. E é o que fazem. Brian os segue, temeroso.

Crys:
— Legal estar aqui com vocês, José.
José:
— Ah, eu também curti muito que tu tenha vindo Crys.
Crys:
— Sério?
José:
— Aham.
Crys:
— É amor.

José:

— Amor?

E o coração do garoto descompassa no peito. Porém, Crys responde:

— Eu amo aventuras, mistérios. Acho que sou meio Indiana Jones.

José, sorrindo, diz:

— Ah, eu também.

Sabe aqueles momentos em que se pensa que a outra pessoa vai dizer aquilo que adoraríamos que ela dissesse, aquilo que mais queríamos que ela dissesse, aquilo que faz tempo que esperamos que ela diga, mas ela fala outra coisa? Pois é, foi assim que aconteceu com o José.

O mapa não aponta o quinto caminho. Mas ele existe. Os amigos percebem isso quando seguem pela abertura de número 5.

Um atrás do outro: José, Crys e Brian. Este, com os olhos a espreitar a escuridão do túnel aberto há tantos anos, sabe-se lá por quem, na tentativa de avistar luz. Não vê a hora de sair daquele espaço fechado, arrepiante. Espreita os cantos, teme que haja morcegos por ali. Vampiros? Mulas sem cabeça? O fantasma do Serapião? Prefere não pensar. Um arrepio, que ele sabe não ser de frio, percorre-lhe o corpo.

— Tu lembra, José, que o Estranho falou sobre uma estátua de ouro? Será que não é essa que teu bisavô desenhou aí?

Param.

Olham-se e nada precisam dizer para que Brian se sinta o guri mais inteligente dentro daquele túnel. Sim, a santa de Viamão deve ser o tal tesouro. Uma santa entalhada em ouro.

Aceleram o passo.

O mistério os chama e eles atendem ao chamado.

O quinto túnel parece ser o mais longo de todos. Cheio de curvas, com trechos muito estreitos que obrigam os amigos a se esticarem para poderem passar.

— Um adulto não consegue passar aqui — diz Crys.

Brian suspira, aliviado. Pensa que, caso o Estranho esteja seguindo-os, não conseguirá mais alcançá-los.

— Já *tô* cansado. Quem sabe esperamos um pouco?

Os amigos não respondem. Seguem, firmes. José consulta o relógio. Já caminharam muito. É provável que logo o dia amanheça.

— Olha, não quero dizer nada, mas acho que já passamos por aqui — fala Crys.

Os amigos se olham.

— Será que estamos andando em círculos? — pergunta José.

— Acho melhor a gente descansar um pouco — diz Brian.

Param. Olham o mapa. De fato, aquele caminho é

bem diferente do anterior, em que correram em linha reta e logo chegaram à Fonte da Paciência.

— A gente já está caminhando há horas — diz José, olhando novamente para o relógio de pulso.

— Estamos perdidos? — pergunta Brian. — Ah, meu Deus!

— Vamos por ali — aponta José, ajeitando a mochila nas costas e seguindo adiante.

— Devagar, devagar — pede Brian, antes de seguir atrás dos amigos.

...

O MORRO

Desta vez, na saída não há nenhuma fonte. Encontram-se no alto de um morro de onde podem avistar a cidade e, ao longe, as luzes de Porto Alegre. Uma pequena casinha, bem na beira, quase suspensa sobre um perau, é o único sinal de que alguém, um dia, esteve por ali. O dia começa a amanhecer, mas o tom ainda cinza da noite os envolve.

— E agora, onde procurar? — pergunta Crys. — O enigma fala em mão aberta, algo assim, não?

José aproxima-se da beirada do precipício. Observa o casebre. Parece mais uma torre de observação que uma moradia. É bastante pequena para que alguém consiga viver muito tempo ali. Empurra a porta, e ela despenca das dobradiças. Entra.

— Cuidado — alerta Crys. Uma cobra vermelha, com desenhos brancos e pretos, se enrodilha num dos cantos e se prepara para o bote.

— Cobras! Por que tinham de ser cobras? — diz José, lembrando do pavor que seu herói preferido tem de cobras. Aliás, a frase é do Indiana Jones mesmo.

José sorri, avança. Reconhece o tipo de cobra. É uma falsa coral. Não há nenhum perigo que possa vir dela.

— Cuidado, José — repete Crys.

E ele adora ouvir aquilo, volta-se, sorri, diz a ela que não se preocupe, que ele tomará todo o cuidado do mundo. E fala isso como promessa; afinal, se a garota que ele ama lhe faz um pedido, ele precisa obedecer. Como poderia ser diferente? Afinal, não é assim que a gente age sempre que alguém que amamos nos aconselha algo? Está certo, há vezes que nossos pais nos dão algumas orientações que não cumprimos. Fingimos que vamos fazer e acabamos não fazendo. Até sabemos que eles nos querem bem, mas, enfim, pais não são iguais àquelas pessoas que ganham nosso coração por motivos de paixão, como Crys ganhou o de José. Por isso, acho que foi por isso, que José pegou um graveto e afastou a cobra. Ela sumiu no mato e ele jamais disse aos amigos, sobretudo a Crys, que aquela cobra não era venenosa.

— Pronto — disse. — Ela foi embora.

Bom, o certo é que perigo maior está no próprio casebre: meio roto, madeiramento apodrecido, balançando-se à beira do precipício. Ali, sim, motivo maior para cuidado. Assim, José entra no casebre com a atenção redobrada. Não quer despencar lá embaixo. Não. E também não quer decepcionar Crys. Bah, isso de jeito nenhum.

De fato, o interior da casinha comporta apenas uma cadeira e uma mesa quebradas. O teto arrebentado deixa ver a claridade da manhã que começa a dar seus primeiros suspiros de despertar. A única janela, que se abre para o nada do abismo, já não possui veneziana, tampouco vidraças.

José avança.

O chão range sob seu peso.

Aproxima-se da janela no momento em que uma pequena nesga de sol rompe a densidade das nuvens. E o que vê o deixa extasiado.

— Meu Deus, então era verdade.

Pela abertura da janela, o garoto vê os afluentes do rio Guaíba a formarem uma enorme mão aberta. Lembra-se da lenda tantas vezes ouvida. Grita para os amigos: *Eu vi a mão!*

Pausa.

Aqui, paro a história um pouco. De repente, você não tem a mínima noção do motivo pelo qual o José gritou que havia visto a mão. Ou tem? Se tem, tudo certo. Pode pular esta explicação e seguir a leitura. Caso não tenha, vou contar, então, a tal lenda que originou o nome da cidade de Viamão (é o que falam, não sei se é verdade).

Dizem que a provável origem do nome da cidade de Viamão se deve a um episódio bastante peculiar. Conta-se que um dos colonizadores, certa feita, chegou a um ponto bem alto de um dos morros e, olhando em direção a Porto Alegre, avistou o Guaíba e seus quatro afluentes, os rios Jacuí, Caí, Taquari e dos Sinos. Ao olhá-los, o homem teria visto que os cinco rios formavam o desenho de uma mão aberta. Daí, teria gritado a frase: "Vi a mão". Os demais companheiros do colonizador, ao ouvir seu grito, teriam corrido até onde ele estava. E, todos, maravilhados, viram a beleza da imagem:

uma mão aberta formada pelos rios. Assim, teriam batizado aquela região de *o lugar de onde se vê a mão*, ou seja, Viamão.

O local, porém, em que tal acontecimento teria ocorrido é desconhecido por todos os habitantes da cidade. Ninguém nunca soube o lugar exato no alto do morro de onde se poderia ver a tal mão. Uns, inclusive, afirmam que o local não é o alto do morro, mas sim certo ponto na torre da igreja. Daí, originou-se a história que, até hoje, ninguém conseguiu provar se é verdade ou invenção. Até hoje. Apenas até hoje.

Essa é a lenda. Voltemos aos nossos amigos e à sua aventura em busca do tesouro.

Agora eles observam o desenho da santa e tentam descobrir o paradeiro da imagem. Crys lembra-os do outro enigma que fala em virgem tripartida. Ali deve ter sido escondida sua imagem, pelo que diz no papel encontrado na fonte. Haverá mais duas partes. Quais? Só encontrando o que se esconde ali para saber o que mais terão de procurar.

E, para eles, depois do que viram pela janela, está claro que a imagem da santa está no casebre. Mas onde? Entram com cuidado. Observam tudo, mas nada parece ser um local adequado para se esconder um tesouro.

José vai até a janela. Observa a mão. O enigma falava nela. Olha para baixo, afasta os pés e percebe o número 5 entalhado na madeira do piso. Abaixa-se, o coração aos pulos, força a madeira, que se rompe com facilidade. Mas, quando estende a mão para pegar o saco de couro que se esconde sob o chão do casebre, ouve um carro freando repentinamente em frente à casinha.

Olham-se.

Desesperam-se.

Temem.

— O Estranho? — interroga-se Brian, embora não espere resposta.

— Melhor seria se fosse uma tribo de canibais — diz José, bem baixinho, lembrando-se de uma das tantas aventuras do Indiana Jones em busca de uma antiga caveira de cristal.

— Vamos nos esconder — diz Brian, com os olhos procurando algum esconderijo.

Todavia (mais uma vez o tal todavia aparece em nossa história, apenas para perturbar mais ainda os apuros de nossos heróis).

Todavia, não há lugar que esconda os três.

— Eu vou lá fora — fala Crys. — Vou tentar enrolar quem quer que seja.

E, antes que José tente impedi-la, antes que Brian fale que é perigoso, a garota sai do casebre. Pisa, firme, no chão de areia: o rosto finge tranquilidade, embora o peito balance com as batidas descompassadas do coração.

José se sente um covarde, mas não tem tempo para impedir a amiga. Brian, com seus olhos arregalados, é só medo. Procura uma saída possível, mas não a encontra. Ouvem a voz da Crys.

— Oi, tu *tá* procurando alguém?

Depois, apenas um longo silêncio.

Bem, na verdade não foi tão longo assim. Alguns breves minutos, mas que, para os dois amigos, pareceu uma eternidade. Assim como acontece comigo, ou com você, quando vivo algo desagradável. Não sei o porquê, contudo, parece que as horas, quando sofremos, insistem em passar mais lentamente. Bem lentamente.

Pois foi assim.

E, enquanto aguardavam, entre temeroso e expectante, José ia pensando nos números que apontavam as marcações do enigma. Possivelmente, tudo obra de seu bisavô que, após esconder o tesouro, arquitetou uma forma para que alguém (e esse alguém parece ser mesmo José) o encontrasse um dia.

Mas voltemos a Crys.

O fato é que do carro, uma possante caminhonete, desce uma bela mulher. Ruiva, vestida de azul. Um lenço amarelo amarrado na cabeça protege o vermelho do cabelo dos primeiros raios do sol da manhã. Ela sorri, irônica. Diz que, se aquela era a casa da menina, era a hora de ela se mudar.

— Estas terras são minhas, querida. Todas as terras que se estendem deste morro até teus olhos perderem de vista são minhas.

Crys nada fala, pensa em um modo de impedir que aquela mulher descubra o que eles estão fazendo ali.

— Estou atrás dos meus irmãos. Tu não viu dois garotos por aqui? — mente Maria Antônia. Crys percebe. E entende que os tais dois garotos que a mulher chama de seus irmãos são, na verdade, Brian e José. Seria esta mulher que os havia surpreendido na igreja? Difícil dizer. A sombra parecia ser de um homem. Mas era noite, estava escuro, e eles, muito apavorados.

— São dois baixinhos — insiste a mulher.

Os olhos de Crys voltam-se para o casebre. Nega

com a cabeça, porém o movimento parece não ser tão convicto assim, pois a mulher, determinada, afasta-a da porta da casinha e entra. O chão range sob seu peso e ela dá um passo para trás, ao perceber que não há ninguém lá dentro e que há risco de o casebre desabar morro abaixo.

Retorna ao carro, sem dizer nada.

Arranca com velocidade e deixa para trás apenas uma mistura de seu perfume doce com o cheiro de poeira.

Brian acompanha o carro, que some em meio ao pó da estrada de terra. Seu coração é um misto de admiração e de decepção: como pôde ela chamá-lo de baixinho? Ele é bem alto. Mais alto que os guris da idade dele. Não é? Fica olhando para José. Qual dos dois é o mais alto, afinal?

Assim que a caminhonete some, Crys ouve a voz de José. Os amigos haviam arrancado uma das tábuas da parede do casebre e saído por ali. Nas mãos, José traz um pacote. Desembrulha e os olhos dos amigos se enchem de dourado. A santa desenhada no papel está ali, plena de ouro, a olhar para eles.

José se sente um verdadeiro arqueólogo descobridor de tesouros.

Seu rosto se ilumina em sorriso.

— Que linda — diz Crys. — Muito linda!

Sim, haviam achado a imagem da Virgem de Viamão. E, pelo desenho do bisavô Cosme, agora sabem que faltam o cetro e a coroa. Sabem também que a neta do Serapião está atrás deles. Mas para quê? Será ela cúmplice do Estranho? "Um bandido nunca anda sozinho", pensa José. Porém, silencia. Não quer preocupar os amigos com suas desconfianças.

— Ah, se eu soubesse que era a Maria Totonha que *tava* aí, eu tinha saído para falar com ela. Lindona — diz Brian.

— Não diga bobagem, Brian. Ou por acaso tu não percebeu que ela anda atrás de vocês dois? — fala Crys, uma expressão contrariada no rosto.

— Ah, pode nem ser. Vai que ela tem dois irmãos mesmo. E eles é quem são os tais baixinhos.

José e Crys nada falam, colocam a santa de volta no saco de couro e o guardam na mochila.

Brian fita a estrada de chão arenoso. Ao longe, ainda há um tanto da poeira levantada pelas rodas da caminhonete. Um suspiro fundo brota de seu peito. Os amigos ficam sem saber se é suspiro de amor ou de decepção.

— Ei, vocês dois me acham baixinho?

Crys e José riem.

— Acho até que eu sou bem maior que o José. Não sou?

O fato é que ser chamado de baixinho pela Maria Antônia não foi bem-aceito por Brian. No trajeto para casa, ele foi o tempo todo observando os garotos que cruzavam com eles e também os homens adultos. Ficava querendo saber quantas pessoas havia na cidade mais baixas que ele. Garotos têm lá seus traumas, suas encucações: uma delas é de ser chamado de baixo. Não gostam. Parece que meninos têm sempre de ser mais altos que as garotas. Brian, pelo menos, pensava assim.

— O meu pai é mais alto que a minha mãe — diz.

Retornam para casa, escondem o saco de couro no sótão. Precisam pensar no que fazer. Marcam um encontro ao meio-dia, em frente à igreja. Se ela foi o início do mistério, José acredita que pode dar mais alguma pista a eles. Diz ele: *Quero tentar dormir um pouco. Pode ser que meu biso apareça no sonho de novo.*

Porém.

Porém, outro sonho não vem. Quer dizer, José até sonha. Mas é o Estranho quem ele vê, faca em punho, a persegui-lo pelos sombrios túneis da cidade. E ele o enfrenta. Nas mãos, um chicote igualzinho ao do Indiana Jones. Na cabeça, é claro, um chapéu.

Acorda em sobressalto. Consulta o relógio. Quase dez horas.

Lê mais uma vez as pistas deixadas pelo bisavô: uma fala em mulher do pescador, diz que debaixo do xale se esconde o cetro. A outra fala em felicidade e em anjo. A coroa descansa sob suas asas.

— Mulher do pescador, felicidade, anjo — repetem ao entrar na igreja, na esperança de que, de tanto falar aquelas palavras, algo possa surgir em suas mentes e lhes dar conta do paradeiro do cetro e da coroa.

— Gosto de vê-los aqui na igreja — escutam a voz do padre Antão, que sai da sacristia. — Aliás, nos últimos dias, vocês têm vindo bastante aqui, não? Andam à procura de algo especial?

Eles não respondem. Sorriem apenas. Crys sente um arrepio percorrer-lhe a espinha quando o homem de batina se aproxima, os olhos negros, fixos nos rostos dos garotos, tentando – ela percebe – descobrir suas intenções.

— Sabem que ontem à noite a igreja recebeu umas visitas não autorizadas? — ele pergunta. Riso. — Há jovens que, não sei por que, acham que igrejas são locais assombrados. Aí, teimam em se esconder e querer passar a noite no templo.

— Que nem aquele filme *Uma noite no museu* — diz Brian, os olhos dos amigos voltando-se para ele numa postura de quer-calar-essa-boca-antes-que-fale-bobagem.

O padre Antão prossegue:

— Estou em Viamão há pouco tempo, mas já percebi que há muitos mistérios que rondam essa igreja e essa cidade. Ouvi até falar de uns túneis que escondem tesouros.

— Cara, tudo mentira, invenção desse povinho que não sabe o que falar — Brian dá à voz um tom de descaso. Os colegas o olham, firmes. Sabem que o amigo tem essa mania de ficar tentando enrolar, só que a pessoa enrolada sempre se dá conta da tentativa de enrolação. Aí, o que era para ser enrolação vira certeza de que algo está sendo escondido. Crys e José sabem que têm de intervir antes que Brian diga mais alguma bobagem.

— Padre — interrompe Crys —, na verdade, nós estamos atrás de anjos. O senhor sabe onde a gente pode encontrar um anjo?

— Anjos? Como assim?

— Anjos, padre. Aqueles seres com asas que protegem as criancinhas de caírem em abismos, como aquele em que a gente achou...

— Brian! — grita José. — Pare de dizer bobagem. É o seguinte, padre Antão: a gente *tá* lendo uns livros sobre anjos, bem legais e tal. Aí ficamos a fim de pesquisar sobre anjos, de fotografarmos anjos.

— Sei — balbucia padre Antão. — Sabem que desconfio que uns certos anjinhos andaram voando aqui pela igreja ontem à noite? Será que por acaso vocês não os conhecem?

Brian, Crys e José se olham.

— Acreditam que eles até quebraram um pedaço do altar?

— Sério? — pergunta Brian.

— Aham — diz padre Antão. — Ah, esses anjos — depois, olha-os, um tanto irônico. Diz: — Fotografar anjos, creio que será bem difícil. Anjos vivem no céu. Eles protegem aqueles que vivem na terra, mas sobretudo acompanham o sono eterno dos que já se foram.

— Ah, padre, mas não são anjos de verdade que a gente quer fotografar, não — explica José. — Talvez alguma imagem bem bonita de um anjo. Não tem nenhum aqui na igreja não?

— Anjos aqui acho que só vocês três — diz o padre e solta uma risada.

• • •

O CEMITÉRIO

Caminham, apressados. Crys tem certeza de onde devem procurar a coroa. Ela está protegida sob as asas do anjo. E onde existem anjos? Segundo o padre Antão, no céu. Ou acompanhando o sono de quem já partiu. E onde estão os que já partiram?

— Ah, não — reclama Brian. — Eu não vou entrar no cemitério. Vai que.

— Vai que o quê, Brian? — pergunta José.

— Ah, vai que surgem alguns zumbis devoradores de gente? Uma vez, eu vi um filme em que os mortos ressuscitavam e iam atrás de quem tinha ido lá perturbar seu sono.

— Isto aqui não é um filme, Brian — fala Crys. E, voltando-se para os amigos, diz: — Quem quiser que me siga.

— E se o fantasma do Serapião aparecer por lá? — insiste Brian.

— Fantasma de dia, Brian? Onde você ouviu dizer que fantasmas aparecem assim, de repente, em plena luz do dia? — Crys não se volta. Está com pouca paciência. Caminha em direção ao campo-santo. José a segue. Brian também.

Atravessam o portão do cemitério Dois de Novembro. O piso, cimentado, abre pouco espaço para canteiros de flores ou alguma árvore que possa fornecer um pouco de vida àquele tanto de lápides. Uma espécie de muro baixo divide o campo-santo em dois.

— Procurem um anjo — Crys fala. — Melhor a gente se dividir. E não esqueçam: a coroa está protegida sob as asas do anjo.

— Acho melhor ficarmos todos juntos — diz Brian, os olhos a espreitar os cantos do cemitério, à procura de possíveis zumbis.

— Se a gente se separar, poderemos percorrer o cemitério todo mais rápido. Qualquer coisa, é só dar um grito e todos correm ao encontro de quem gritou. Certo? — diz José.

— Certo — concorda Crys.

— Certo — fala Brian, meio a contragosto. — Bah, mas aqui deve ter um monte de anjo, não? — pergunta Brian.

Mas não há tempo para respostas. José indica para onde cada um deles deve seguir.

— E a qualquer sinal de perigo, vai que o Estranho aparece por aqui, ou a tal Maria Antônia, já sabemos o que fazer.

— Certo — fala Crys. Brian concorda com um movimento de cabeça. Então, segue pela direita. Detesta túmulos, cemitérios. Teme que a qualquer momento um zumbi desejoso de carne humana, como aqueles de filme, vai se erguer e exigir seu sangue. *Cara, onde eu tava com a cabeça quando me meti nessa?* E zumbis, ele sabe, já leu em vários livros, já viu em muitos filmes, são seres super do mal, perseguem todo mundo, se arrastando e gritando que querem cérebros, cérebros, cérebros. Os braços meio dependurados ao lado dos corpos, as pernas meio bambas de quem já está morto, mas insiste em se fingir de vivo.

Um arrepio percorre-lhe a espinha.

Mas, aqui entre nós: sabemos como Brian se sente. Imagine andar por um cemitério atrás de um anjo. Coisa de louco. E o pior é que há momentos em que não queremos fazer algo, porém não tem como se negar. Acabamos sendo obrigados, por causa da amizade, do afeto que se tem por alguém, ou até mesmo em virtude de não querer parecer algo que somos de fato (por exemplo, medroso). Aí, acabamos nos metendo em arapucas das quais não conseguimos sair facilmente. Pois com Brian é isso que está acontecendo. Ele segue em frente, olhos no alto dos túmulos, à procura de um anjo. Embora sempre atento a qualquer ruído. Será que zumbis andam soltos de dia também?

E, no exato momento em que ele vê o Estranho cruzar o portão do cemitério, logo abaixo do muro divisório, Crys e José se encontram. Cada um vinha de um lado, sem nada de anjo encontrado. Pelo visto, eram poucos (ou nulos) os anjos que habitavam aquele cemitério. Crys sorri para o amigo e ele acredita que ela descobriu o que vai pelo coração dele: que ele é louco de amor por ela, que ele quer beijá-la e nem importa que seja num cemitério, aos pés de um jazigo, em que, no alto, um enorme anjo protege os mortos.

O anjo.
A Crys.
O anjo.

José lê em voz alta: *Aqui jazem Amadeu João da Silva e Felicidade Mathias da Silva, que os anjos os guardem no céu.*

Crys indica o nome da mulher: *Felicidade.* José relembra o enigma:

— *A Felicidade pôs a coroa e saiu de casa. Agora, descansa, tristemente, sob o anjo e suas asas.*

A Felicidade, o anjo, mais um enigma decifrado. Na asa direita, o número 4.

E, nem bem Crys e José retiram a coroa de ouro de dentro da asa do anjo, ouvem passos. Brian envereda pelo corredor aos gritos.

— O Estranho, o Estranho, ele vem vindo aí.

José põe a coroa no bolso da bermuda, segura a mão de Crys e eles saem correndo atrás de Brian pelos corredores do cemitério. Atrás deles, os gritos do Estranho:

— Esperem, garotos, esperem.

Eles não esperam. Atravessam o portão e enveredam pela avenida. O destino, agora, é a casa de Brian.

Ao atravessar uma das ruas, veem a caminhonete. Ela freia bruscamente e arremete contra eles. José estaca, empurra Crys para a calçada e os três atravessam a praça correndo. Maria Antônia acelera, pelo visto tentará alcançá-los antes que eles cheguem ao outro lado da praça e possam se refugiar na casa de Brian.

Crys:

— Nossa, ela quis nos matar, guris.

José:

— Ela deve ser mesmo cúmplice do Estranho.

Brian:

— Ah, não acredito. Acho que.

Crys:

— Ah, *tá*, Brian. Por acaso tu não viu que ela jogou o carro em cima da gente?

Brian:

— Vi, mas.

Crys:

— Nada de mas, Brian. A mulher é mesmo uma bandida.

Brian, com um olhar de decepção:

— E agora? Vamos contar tudo para a polícia.

José:

— Polícia? E o que a gente vai dizer? Que uma das pessoas mais ricas da cidade tentou nos atropelar?

Brian:

— Ah, cara. De repente, eles acreditam na gente.

Crys:

— Isso se o padre não contar que nos viu na igreja ontem à noite.

Brian:

— Estamos ralados, então?

José:

— Deixa eu pensar, Brian. Deixa eu pensar.

E na cabeça de José apenas uma pergunta lateja: o que o Indiana Jones faria numa hora dessas?

Mas as ideias, quando mais precisamos delas, parece que não vêm, parece que se escondem, apenas para nos deixar, sem saída, a não ser se afundar mais e mais naquilo que nos está atormentando. Foi assim com Crys, Brian e José. Em vez de pensar em como se livrar de quem está perseguindo-os, eles ficam pensando sobre o último enigma: o de número 3, aquele que os levará ao cetro da santa e à montagem completa da Virgem de Viamão.

Cosme desce do cavalo. Mas não é na igreja que ele entra. E não está mais afobado, preocupado, temeroso. Sorri apenas. Um sorriso tranquilo. E entra no quarto onde José agora dorme, ao lado do Brian e da Crys. Senta-se na poltrona e fala sobre o tesouro do capitão. Diz que não era muito, pelo menos não o que sobrou no navio, após a morte da tripulação. Conta que um velho artesão conseguiu roubar um saco de ouro do capitão, antes da desgraceira toda. E que, quando esse homem soube da tragédia, julgou que aquelas moedas eram amaldiçoadas e que a única forma de acabar com o mal que elas podiam trazer era torná-las algo sagrado. Aí, então, esculpiu a imagem da Virgem de Viamão.

Porém, isso não bastou para que a cobiça não fosse atiçada. Vários foram os que quiseram se apossar da imagem, apenas pelo tanto de ouro que ela possuía. Assim, mataram o velho artesão que, antes, conseguiu entregar a imagem a Cosme, que resolveu dividi-la em três partes. Dessa forma, tentou conter a cobiça.

— Mas ela nunca tem fim, meu bisneto José, nunca. Por isso, o melhor mesmo é entregar a santa a um museu. Só lá ela ficará protegida. Só lá.

— E quem é a mulher do pescador? — pergunta José.

O bisavô sorri.

— *A mulher do pescador é como a Virgem. Apenas não tão valiosa.*

José desperta.

A tarde avança sobre a casa, logo o escuro da noite se jogará sobre a cidade. Ergue-se, ainda com as palavras do sonho em sua cabeça. "A mulher do pescador é como a Virgem". Uma estátua? Será isso?

Acorda os amigos. Fala sobre o sonho e sobre suas suspeitas. Talvez, os amigos se lembrem de algo que possa auxiliar a encontrar o cetro.

Caminha pelo quarto do amigo. Teme que o Estranho ou Maria Antônia possam ir até sua casa, subir ao sótão e encontrar o saco de couro com a santa. A coroa está com eles. Mas o corpo está lá, protegido apenas pelo retrato de seu bisavô. Todavia, nenhum deles sabe que a santa foi encontrada. Talvez desconfiem, mas certeza não têm, não. Assim, pensa José, eles ainda estão um pouco seguros.

Acha.

— A mulher do pescador é como a Virgem, mas com menos valor, foi isso que teu biso te disse, José? — pergunta Crys.

— Aham. Isso mesmo.

— Sabe — prossegue ela —, eu fiquei pensando se a mulher do pescador não podia ser uma boneca. Uma boneca também é uma imagem, não é? Só que não de ouro.

— As bonecas! — grita José. Na mente, o passeio que fez com a escola ao museu municipal. Lá, a exposição permanente das bonecas com trajes típicos açorianos. Sim, só pode ser isso.

— Cara, não entendi nada até agora. Do que vocês estão falando, afinal? — pergunta Brian. — Acho que perdi alguma coisa desse raciocínio aí.

Crys e José se levantam. Brian os segue, meio sem saber se deve ir ou não. E, embora bata a porta atrás de si com firmeza, fica achando que não toma a decisão correta.

No caminho, eles falam a Brian sobre a coleção de bonecas portuguesas que está no museu da cidade. Nela, há vários tipos folclóricos.

— Inclusive — fala Crys —, se a memória não me falha, uma mulher de pescador. E ela deve estar protegendo o cetro da Virgem.

Sobem as escadas correndo, embora a atendente do museu diga que em cinco minutos terá de fechar. Entram na saleta que abriga a coleção de bonecas. Lá está ela, a mulher do pescador: xale colorido sobre a cabeça, saia estampada, jarro na mão, camisa branca, olhos bem azuis.

José estende a mão. Mas uma voz feminina faz com que contenha o gesto. Volta-se, embora já saiba quem estará parada à porta: Maria Antônia.

— Ah, finalmente encontrei meus amiguinhos — diz ela, fechando a porta atrás de si. — E aconselho que fiquem quietinhos. Aí ninguém se machuca. Certo? E como não tenho tempo a perder, me passem aquilo que vocês retiraram do casebre e do cemitério. Não sei o que é, mas que vocês andam atrás do mesmo que eu, ah, disso eu não duvido, não é, cambada de fedelhos?

Os amigos se olham. José suspira, aliviado. Se ela disse "aquilo", significa que nada sabe sobre a santa de ouro. O guri fica despreocupado, mas ao mesmo tempo sabe que precisa inventar uma mentira o mais rápido possível. Antes, inclusive, que Brian resolva abrir a boca e contar tudo.

Melhor ganhar tempo, e é isso que José tenta.

— A atendente disse que o museu já vai fechar e.

Maria Antônia olha-os com raiva. Faz um gesto para que os jovens se encostem na parede em frente ao armário com a coleção de bonecas açorianas.

— Não se preocupe, já dei um jeitinho nela. E agora vamos ao que interessa. Onde vocês esconderam o tesouro? Não tenho todo o tempo do mundo. Aliás, já cansei desse joguinho de gato e rato com vocês. Gata, na verdade. E uma gata sedenta por tesouro. Cadê o tesouro, hein? Cadê?

— Tesouro? Que tesouro? — fala Crys. — A gente só veio aqui porque a gente queria ver esses rádios antigos.

— O tesouro está dentro de um desses rádios? — pergunta Maria Antônia.

Ninguém responde.

Brian até quer responder, mas sabe que não pode trair os amigos. Amizade é assim mesmo: exige fidelidade, exige cumplicidade. Mesmo querendo ganhar a simpatia da bela ruiva (Brian já se imagina beijando aquela boca vermelha), sabe que, se disser à mulher que o cetro da santa está numa das bonecas, decepcionará os amigos. E isso, nem pensar.

— Meu avô passou a vida toda atrás do tesouro do capitão. Ele achou uma cópia do mapa dos túneis, mas as pistas haviam sido apagadas. Dizem que ficou até meio louco. Falam que depois de morto ele ainda anda pelas estradas com seu jipe, protegendo nossas terras e procurando o tesouro. Vocês não imaginam o tanto que eu já procurei esse tesouro. Ele foi roubado da minha família. E, portanto, pertence a mim. Ouviram? A mim!

— Olha, dona, eu não sei do que a senhora *tá* falando. A gente.

Maria Antônia interrompe José.

— A gente nada. Eu sei que vocês andam atrás do tesouro, sei que acharam o mapa verdadeiro. Senão, não estariam pisando nas minhas pegadas na igreja. Eu vi vocês lá investigando, e essa guria aí *tava* lá no casebre na montanha. Vai dizer que não *tava*?

— É que ela.

— Olha, não tenho tempo a perder. Preciso desse tesouro — Maria Antônia diz baixando o tom da voz, torna-se meiga, fala carinhosa, aproxima-se e passa a mão no cabelo de Brian. — Olha, eu vejo que vocês são pessoas bacanas, legais. E vão querer me ajudar, não vão? Ah, claro que vão. Vejam bem. O tal casebre fica nas minhas terras e, portanto, ele é meu, tudo o que há, havia ou haverá dentro dele é meu também. Então, se vocês pegaram algo lá, e eu tenho certeza de que pegaram, me devolvam, pois quando eu voltei lá vi que uma tábua foi arrancada da parede e uma outra do chão. Se vocês tivessem colocado as tábuas de volta nos lugares, eu não teria visto aquele buraco, onde alguma coisa esteve escondida durante um tempão. Mas vocês acharam, né? E tomaram ela de mim. Foi ou não foi, meu querido mais querido?

Brian sorri. Não é que a Maria Totonha é legal, mesmo? Ah, tudo pode acabar bem. Eles entregam o tesouro a ela e pronto: ela se apaixona por ele, eles se casam e vivem felizes para sempre.

Todavia.

(Mais um. Algo, pelo visto, vai ocorrer nesta história.)

Todavia, Crys é mesmo desconfiada, pensa Brian, ao ouvir a amiga falando.

— Olha, não adianta fazer voz de mocinha do bem, porque a gente não vai dizer nada. Até porque — mente Crys — nós não sabemos de nada disso aí que tu *tá* falando. De nada.

Maria Antônia se afasta. Dá um passo atrás. Seu rosto vira uma máscara de maldade, de raiva. Transforma-se como aquelas mocinhas de filme de gângster, que se faz de boazinha até a metade da história. E, de repente, mostra a verdadeira face: a de uma vilã.

Maria Antônia grita:

— Eu sei que vocês descobriram mais do que eu. Sei que vocês chegaram ao tesouro do capitão. E eu o quero para mim. E vocês vão me entregar direitinho, não vão? Eu sei que ele está com vocês. Sei que vocês acharam o mapa completo, sei que entraram nos túneis. O mapa estava lá dentro, né?

— Olha, a gente nem sabe do que tu *tá* falando — diz José. — E é melhor tu deixar a gente sair daqui, senão.

— Senão o que, garotinho? Ah, agora *tô* me dando conta: tu *tá* querendo me enrolar, como fez na igreja. Me enganou direitinho. Pois agora sou eu quem dá as cartas, entenderam? Não vou deixar que entreguem o meu tesouro àquele desgraçado. O padre Antão me falou que ele anda atrás do ouro, me disse também que vocês andaram visitando a igreja durante a noite. Viram como eu sei de tudo?

Os amigos se olham. Sentem-se num beco sem saída.

A mulher diante deles é toda ameaças.

A coroa na mochila; o cetro ainda dentro da boneca.

Fazer o quê? E se entregarem a coroa? Ainda podem ficar com o cetro e com a imagem da Virgem de Viamão. Depois era só denunciar a ladra à polícia e recuperar o cetro. Mas a neta do Serapião lhes mete medo com as suas ameaças.

Fazer o quê?

— *Tá* bem, tu ganhou — é o que Crys e José ouvem Brian dizer, ao puxar das mãos do amigo a mochila e se aproximar da mulher. Eles não têm tempo de impedi-lo. É tarde. Tudo vai por água abaixo. — E, se tu quiser, eu te levo onde *tá* o resto. Mas tem de deixar os meus amigos em paz. Promete?

Maria Antônia sorri: — É claro que prometo, menino bonito.

"Ah, se ela dissesse isso em outra ocasião", pensa Brian.

Todavia, o momento é para salvação, não para olhares apaixonados a uma mulher ameaçadora. E tudo tem de se resolver antes que algum capanga dela apareça. Assim, pensa Brian: "Essa Maria Antônia vai ver do que um baixinho é capaz".

Então, tudo ocorre muito rápido: o sorriso no rosto

da ruiva, a mão que se estende, o voo da mochila de encontro ao rosto da mulher, o corpo que se desequilibra e vai de encontro à estante com as bonecas, que caem. A boneca da mulher do pescador se quebra, o cetro da santa, o grito de Brian pedindo para que fujam.

Abrem a porta.

Deixam a mulher e tudo mais para trás.

Descem as escadas aos pulos.

Todavia.

(Ah, esses todavia, sempre presentes, sempre atrapalhando a vida de quem quer ir adiante.) Param, peitos arfantes, olhos arregalados. Diante deles, bem diante deles, está o Estranho.

E ele lhes barra o caminho.

• • •

O ESTRANHO

O Estranho está ali, bem na frente deles. Crys não consegue conter o grito de susto.

Abraça José.

Ele, pela primeira vez em sua vida, tem uma mulher em seus braços. E isso o faz se sentir forte. Bem forte. Que venham as maldades do mundo, qualquer uma, ou todas juntas. José sente que será capaz de lutar contra elas.

Ah, numa situação dessas, é bem assim. Um homem sempre pensa: "Que venham todos os perigos. Eu os enfrento sem qualquer ponta de medo".

— Cuidado! — é o grito que o Estranho dá. Os amigos se atiram ao chão no exato instante em que Maria Antônia desce as escadas gritando, furiosa. O Estranho a segura. A mulher grita, se debate, tenta fugir do abraço do Estranho, porém deixa-se cair, vencida, no chão.

— Desgraçados! — geme.

Enfim, vocês devem estar se perguntando, assim como Crys, Brian e José: por que, afinal, o Estranho conteve a Maria Antônia? Segue, pois, a explicação. Afinal, livros de mistério sempre precisam desses finais elucidativos. Vamos a ele, então. E quem contará é o próprio Estranho.

— Bem, pessoal, eu fui comunicado pelo padre Antão, assim que ele chegou à cidade, há poucos meses, que havia muitas lendas sobre os túneis subterrâneos. Ele também, graças à curiosidade de Maria Antônia, que o procurou para saber do tesouro de um certo capitão, andava bem preocupado com o destino que poderiam ter tais preciosidades. Assim, eu vim para Viamão a fim de apurar o que havia de verdade em tudo isso. Pesquisando alguns registros antigos nos livros da sacristia, li algo que um tal de Cosme havia escrito há muitos anos: a história da Virgem de Viamão, a Nossa Senhora da cidade. Fiquei fascinado com a ideia de encontrá-la, pois havia um desenho dela no livro. Sou arqueólogo, mas trabalho para o governo e minha missão é resgatar tesouros e objetos antigos, colocando-os em lugar seguro. Sou uma espécie de Indiana Jones. Sem chicote, é claro. (Neste momento, José sorri. Aquele tal Estranho era mesmo um cara bacana.) Quanto à Maria Antônia, ela é uma contrabandista procurada há muito tempo pela polícia. Ela usa a fazenda apenas como fachada. Aliás, fazenda que ela hipotecou há anos. Por isso, andava tão sedenta por achar o tesouro. Agora, vai ficar algum tempo atrás das grades.

Neste momento, Brian suspirou fundo.

Na delegacia de polícia, a imagem da Virgem é entregue ao Estranho, na verdade, o doutor Benjamin D'Andrea. O repórter do *Jornal de Viamão* fotografa o momento. Depois, diz que vai querer uma entrevista com os três heróis da cidade.

— Tranquilo, cara — diz Brian, corpo espichado, queixo erguido, desejo de ser o menos baixo possível.
— Olha, tudo começou bem assim: o José teve um sonho. Aí.

Cosme sorri. Montado em seu cavalo, diante da igreja, ele sorri. Da sua janela, José sabe que o bisavô sorri para ele. E, mesmo distantes, ouve quando o biso lhe diz aquelas palavras que mudarão para sempre a vida de José, que farão com que ele, no futuro, estude arqueologia e resolva ser um descobridor de objetos antigos e desaparecidos, objetos capazes de contar histórias.

O bisavô diz assim:
— Muito bem, José. Eu tinha certeza de que você me ajudaria, depois de tantos e tantos anos, a fazer justiça com a Virgem. Ela não podia ficar mais, assim, esquecida.
— Valeu, biso Cosme.
— Você é um guri especial.

E aí, Cosme acena com a mão. Toca na aba do chapéu e, junto com seu cavalo, vai se esfumaçando, se esfumaçando, esfumaçando.

José acorda com um sorriso no rosto. Sorriso que aumenta de tamanho ao receber uma mensagem da Crys.
— *Tô* querendo te ver. Pode ser agora?

Eles estão, apenas os dois, no alto do morro.
Agora que tudo acabou, José e Crys podem apreciar a paisagem.

Lá longe, a imagem da mão espalmada que deu nome à cidade.

Ali, sentados na grama, um bem perto do outro, cada um com vontade de dizer um monte de coisas bonitas. Mas, calados, apenas se olham e deixam que suas mãos se toquem.

As mãos.

Os lábios.

• • •

Este livro foi reimpresso em papel pólen 80 g, no miolo, e em cartão 300 g, na capa, em julho de 2020, na HRosa, em Cajamar, SP.